La Dama de Cobre

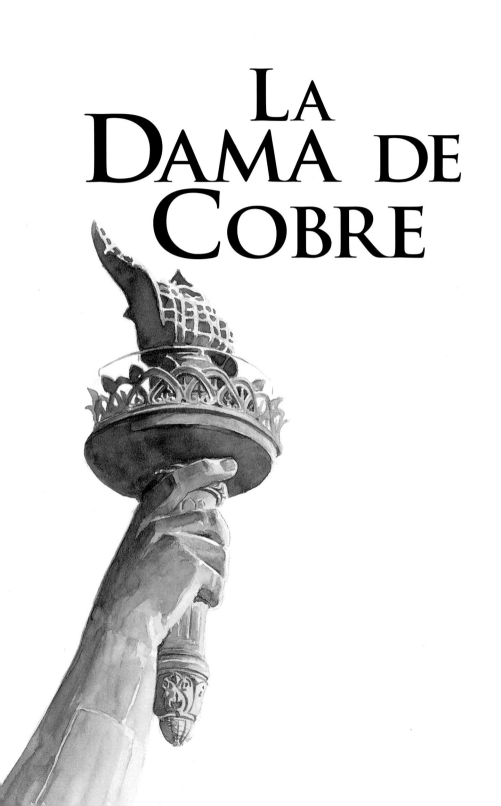

LA DAMA DE COBRE

por Alice Ross y Kent Ross
ilustraciones de Leslie Bowman

ediciones Lerner/Minneapolis

Nota de la editorial: La Estatua de la Libertad hoy se ve bastante distinta de cómo la hubiera visto André. La piel de cobre de la estatua está ahora cubierta por una pátina verde azulada que la protege.

Traducción al español: © 2007 por ediciones Lerner
Título original: *The Copper Lady*
Texto: copyright © 1997 por Alice Ross y Kent Ross
Ilustraciones: copyright © 1997 por Leslie Bowman

La edición en español fue realizada por un equipo de traductores nativos de español de translations.com, empresa mundial dedicada a la traducción.

ediciones Lerner
Una división de Lerner Publishing Group
241 First Avenue North
Minneapolis, MN 55401 EUA

Dirección de Internet: www.lernerbooks.com

Library of Congress Cataloging-in-Publication Data

Ross, Alice.
   [Copper lady. Spanish]
   La dama de cobre / por Alice Ross y Kent Ross ; ilustraciones de Leslie Bowman.
     p. cm. — (Yo solo historia)
   ISBN-13: 978–0–8225–6262–7 (lib. bdg. : alk. paper)
   ISBN-10: 0–8225–6262–6 (lib. bdg. : alk. paper)
   I. Ross, Kent. II. Bowman, Leslie W. III. Title. IV. Series.
PZ73.R6493 2007
[Fic]—dc22   2006011084

Fabricado en los Estados Unidos de América
1 2 3 4 5 6 – JR – 12 11 10 09 08 07

Nota de los autores

La Estatua de la Libertad está en la Isla de la Libertad, en la bahía de Nueva York. El pueblo de Francia obsequió esta dama de cobre de 151 pies de altura al pueblo de los Estados Unidos en 1884. Es conocida en todo el mundo como un símbolo importante de los Estados Unidos y de la libertad.

La idea de la estatua surgió durante una cena en Francia, en 1865. Los franceses admiraban a los Estados Unidos, y querían crear algo que celebrara el amor a la libertad que ambos países compartían.

Uno de los invitados a la cena era el escultor Frédéric Auguste Bartholdi. La idea le entusiasmó y de inmediato comenzó a hacer bocetos de una enorme estatua de una mujer sosteniendo una antorcha. Durante los diez años siguientes, Bartholdi hizo los planes de la estatua y reunió el dinero para construirla. Después supervisó la construcción de la gran dama.

Cuando los obreros terminaron la resplandeciente estatua de cobre, la desarmaron y la enviaron por barco a través del océano Atlántico hasta Nueva York. Dos semanas después de iniciado el viaje una violenta tormenta puso en gran peligro el barco y la estatua. La Dama de Cobre es una historia ficticia sobre lo que pudo haber sucedido durante esa tormenta. También es la historia de un muchacho de París que buscaba la libertad.

París, Francia
Finales de 1883

—¡Oye muchacho! —gritó Louis Malet—.
¿Otra vez te fuiste a ver esa estatua?
André trató de responder:
—Sí, pero hice mi trabajo . . .
Malet tomó a André por el brazo
y le gritó:
—¡Si te vuelvo a atrapar escapándote,
te quedarás sin cenar!
Ahora trae la burra y
carga esa carreta.

André comenzó a palear el pesado carbón.

Mientras trabajaba, pensaba en

la hermosa dama de cobre.

Se imaginó los ojos resplandecientes

y la antorcha que sostenía.

Los padres de André habían muerto

hacía dos años,

cuando André tenía nueve años.

Un vecino, Louis Malet,

lo había recibido en su casa.

A cambio, André tenía que
ayudar a Malet a entregar carbón.
Al poco tiempo,
André estaba haciendo todo el trabajo.
Malet le daba sobras para comer
y un espacio en el establo para dormir,
pero no le pagaba y le daba poca libertad.
Aun así, sin importar lo que Malet hiciera,
André seguiría visitando a la Dama.

Al día siguiente, antes de sus rondas,
André tomó una manzana
y se la echó al bolsillo.
Así podía hacer que Josephine, la burra,
caminara más rápido.
Finalmente, vació
su última carga de carbón.

Entonces corrió al taller
donde los obreros construían la estatua.
Era un regalo del pueblo francés
para el pueblo estadounidense.
Algunos la llamaban
"La libertad iluminando al mundo",
o la Estatua de la Libertad, para abreviar.
Para André, era "la Dama".

André se detuvo en la amplia entrada.

Le encantaba el olor

del aserrín y el vapor,

del yeso y la madera,

del fuego y el hierro.

A veces ayudaba.

Hoy, hacía funcionar el chirriante fuelle
para los herreros.

Ellos doblaban barras de hierro al rojo vivo
para formar el esqueleto de la Dama.

André también les llevaba clavos
a los carpinteros.

Ellos armaban armazones de madera
y moldes para el cobre.

Lo que más le gustaba a André era observar
a los herreros que trabajaban el cobre.
¡Pim, pam, pum! Los martillos retumbaban
mientras los hombres golpeaban
las láminas de cobre.

Convertían el cobre en
los pliegues de la túnica de la Dama
y en su piel cobriza.
¡Ellos hacían que la Dama cobrara vida!

André sintió una mano sobre su hombro.

Era Frédéric Auguste Bartholdi,

quien estaba a cargo de la estatua.

—Otra vez por aquí —le dijo.

—Sí, señor —respondió André—.

¿Puedo martillar hoy?

—No puedo pagar a otro obrero

—respondió Bartholdi.

—Trabajaré gratis

—dijo André, esperando la oportunidad.

—Pues bien, puedes intentarlo

—aceptó Bartholdi.

André encontró parte de un molde de
madera, un martillo y unos restos de cobre.
Observando a los obreros,
comenzó a golpetear con cuidado
la delgada lámina de cobre hasta que
encajara en el molde.

—Tienes buena mano, André
—comentó Bartholdi más tarde—.
Mañana puedes trabajar en la Dama.

Al día siguiente,

André tomó *dos* manzanas.

Josephine iba tan rápido como podía.

Muy pronto, André estaba martillando cobre

de nuevo.

—Está casi lista para partir

a los Estados Unidos, ¿no es así?

—preguntó André a Bartholdi.

—Sí, pero los estadounidenses todavía

necesitan dinero para construirle un pedestal

donde ponerla —respondió—.

¿Te gustaría subirte a la corona de la Dama?

Detrás del taller,

Bartholdi abrió una puerta que conducía

a la cabeza de la estatua,

que ya estaba terminada.

André y Bartholdi subieron los escalones

que llevaban a la corona.

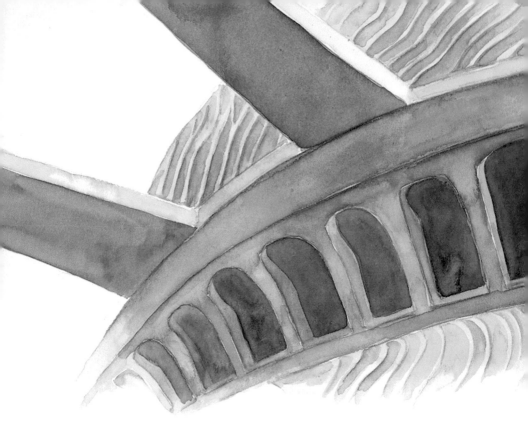

André se trepó al borde de la corona.
Abajo, los obreros
parecían soldados de juguete.
—Monsieur Bartholdi —preguntó André—,
¿por qué regalaremos la Dama
a los estadounidenses?
a los estadounidenses?
¿No podemos quedárnosla?

—Es un símbolo de amistad
entre Francia y Estados Unidos
—explicó Bartholdi—.
Ambos países han luchado
para que todos tengan la libertad
de vivir y trabajar como lo deseen.
La Dama nos recordará a todos
que debemos aferrarnos a esa libertad.

Cuando bajaron,

el sol ya estaba cerca del horizonte.

Pronto oscurecería.

André apuró a Josephine

por las calles,

pero Malet lo estaba esperando.

—Llegas tarde de nuevo —le gritó—.

¡Te quedarás sin pan y queso

esta noche!

A medida que se acercaba el invierno,
André trabajaba cada vez más,
muchas veces hasta la noche.
En ocasiones tenía hambre,
y su harapiento abrigo no podía
protegerlo del viento helado.

Se aseguraba de volver a casa a tiempo,
pero visitaba a la Dama a menudo.
Ayudó a golpear las delgadas
hojas de cobre que se convirtieron
en el dedo meñique.
André se rió cuando lo vio.
¡El meñique medía siete pies de largo!
Un día, ya en primavera,
André se detuvo junto a Bartholdi
y juntos contemplaron a la Dama.
Por fin estaba terminada:
resplandecía bajo el sol,
desde la antorcha hasta los pies.
—¡Oh, Dama! —exclamó André—,
¡Qué bella eres!

Pasó un año antes de que
los estadounidenses por fin enviaran
a buscar a la Dama.
Una mañana,
André detuvo a Josephine
frente al mercado.
El vocero estaba agitando los periódicos.

—¡Lean sobre la Estatua de la Libertad!
—gritaba.

—¿Qué hay con ella? —preguntó André.

—La están desarmando
para enviarla a los Estados Unidos
—respondió el muchacho.

Esa noche en el establo,

André estaba acostado en su dura estera,

pensando en la Dama.

Nunca volvería a verla.

Trató de imaginarse

cómo eran los Estados Unidos.

Había escuchado historias
de que un hombre joven podía
ganar un buen sueldo e
iniciar una nueva vida allí.
Si tan solo él pudiera ir con . . .
André se sentó de un salto.
Tenía una idea.
Con suerte, podría funcionar.

20 de mayo de 1885
Rouen, Francia

André estaba escondido detrás
de una fila de barriles.
¿Lo habrían visto los marineros?
Allá en París,
los obreros habían desarmado la Dama
y la habían puesto en más de doscientas
cajas de madera.

André había seguido
las cajas al tren y luego
hasta el puerto marítimo.
Ahora estaban cargando la última caja
en el buque de guerra *Isère*.
Si no abordaba pronto,
la Dama se iría sin él.

André respiró hondo.

Entonces saltó y corrió rápidamente
por la plancha.

Esperó agachado detrás de una
pila de cuerdas, escuchando.

Su corazón latía con fuerza.

Detrás de él,

André escuchó voces.

Dos hombres se acercaban.

André contuvo la respiración y trató
de ocultarse en las sombras.

Los hombres pasaron sin verlo.

Ahora tenía que encontrar
un buen escondite.

Mirando alrededor, André vio una escalera
que iba bajo cubierta.

Se arrastró hasta ella y bajó.

Ahora estaba en la bodega del barco,

donde se guardaba la carga.

En la penumbra,

apenas podía ver las cajas,

que estaban atadas a los costados del barco.

En silencio, se acomodó entre dos cajas.

Cuando el barco comenzó a moverse con

una sacudida,

André suspiró y pensó:

"Partimos hacia los Estados Unidos, Dama".

Durante dos semanas,
André viajó en silencio
en la bodega que se mecía suavemente.
De noche se escabullía a la cubierta
para ir a la cocina del barco
y buscar agua y restos de comida.

Una noche, mientras volvía a la bodega,
André escuchó que los tablones crujían
detrás de él.
¡Alguien lo seguía!
Podía escuchar los murmullos de
los marineros.
—Debe haber un ladrón aquí,
en algún lugar —dijo uno de ellos.

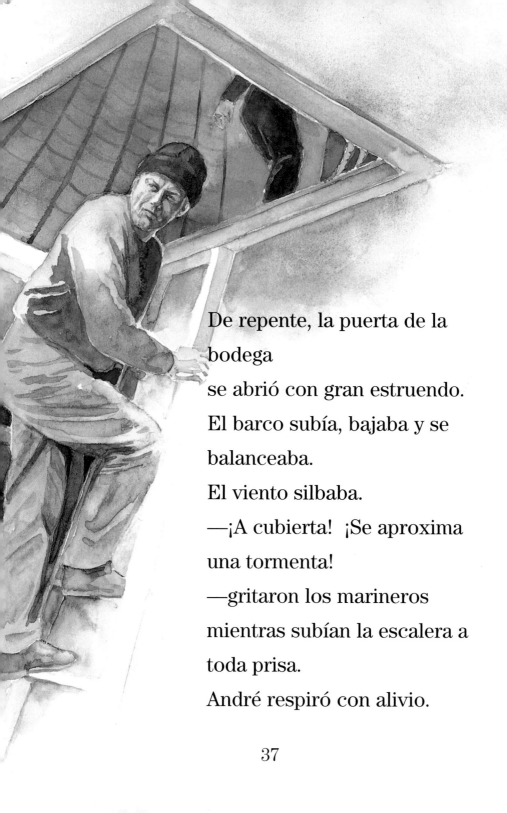

De repente, la puerta de la
bodega
se abrió con gran estruendo.
El barco subía, bajaba y se
balanceaba.
El viento silbaba.
—¡A cubierta! ¡Se aproxima
una tormenta!
—gritaron los marineros
mientras subían la escalera a
toda prisa.
André respiró con alivio.

Sin embargo, el barco comenzó
a elevarse y hundirse
cada vez más.
Las cajas forzaban las cuerdas,
con chirridos y rechinidos.
André sintió el frío del
agua de mar chorreándole el cuello.
De repente, el barco se elevó mucho,
como un caballo salvaje.
André rodó por la bodega.

Se levantó.

¡CRAC! ¡CHAS!

¡Una de las cuerdas se estaba rompiendo!

Con el siguiente ladeo del barco,

esa caja se deslizaría

y chocaría con las otras.

La Dama podría dañarse.

André tomó la cuerda

y trató de volver a atarla,

pero estaba demasiado tensa.

Comenzó a dirigirse hacia la escalera,
pero se detuvo.

Sabía que a los polizones
les sucedían cosas horribles
cuando los encontraban.

Podían enviarlo a prisión,
o peor, de vuelta con Malet.

El barco se inclinó de nuevo,
cada vez más.

La caja suelta se movió y chocó
contra otras dos cajas.

Una de las tablas se rompió.

Esta vez, André subió por la escalera.

La Dama era más importante
que su libertad.

En la cubierta,

las olas rugientes arremetían contra el barco.

La lluvia golpeó el rostro de André.

A tropezones, fue hacia un marinero.

—¡Abajo! —gritó contra el viento—.

Se ha roto una cuerda en la bodega.

El marinero gritó unas órdenes.

Sonaron las sirenas.

Dos marineros siguieron a André

bajo cubierta.

Con dedos rápidos y fuertes

ataron las cajas sueltas.

La Dama estaba segura.

Cuando pasó la tormenta,

llevaron a André con el capitán.

—Así que éste es el polizón

—dijo el capitán—.

Trabajarás como grumete

y volverás a Francia.

Cabizbajo, André se dejó llevar

hacia la puerta.

De repente, se soltó y gritó:

—¡Espere, señor!

Yo sólo quería ir a los Estados Unidos

con la estatua.

Y avisé de las cajas sueltas.

El capitán preguntó:

—¿Qué hay de tus padres?

—No tengo padres —explicó André—.

Y mi amo es cruel.

Pero Bartholdi me dejó trabajar en la Dama.

Yo martillé cobre para la mano.

Me voy a ganar la vida en los Estados Unidos

como herrero.

El capitán escuchaba con atención,

y André le contó sobre la estatua.

Describió las túnicas sueltas,

la corona y la antorcha.

—Ella representa a la libertad, señor

—dijo André—.

Libertad para que las personas vivan

como quieran.

El capitán reflexionó durante un momento.

Después se volvió hacia
los marineros y dijo:
Tal vez vaya a ser herrero en
los Estados Unidos,
pero aquí es un grumete.
El corazón de André se llenó de esperanza.
Se quedaría con la Dama
en los Estados Unidos.
Con una sonrisa,
André se dirigió a la cubierta.

Epílogo

La Dama llegó a salvo a la bahía de Nueva York el 17 de junio de 1885. Durante el año siguiente, obreros estadounidenses terminaron el pedestal. Por último, el 28 de octubre de 1886, la Estatua de la Libertad fue desvelada. Hubo una gran celebración. La bahía se llenó de barcos, el presidente dio un discurso y la ciudad de Nueva York organizó un majestuoso desfile.

Con los años, los inmigrantes a los Estados Unidos le han dado un significado especial a la Estatua de la Libertad. Muchos inmigrantes la recuerdan como la primera cosa que vieron al llegar a los Estados Unidos.

Erguida, con la antorcha en lo alto, la Dama parece dar la bienvenida a los inmigrantes y alumbrar su camino a la libertad. Para todos los estadounidenses, es un gran símbolo de amistad, libertad y esperanza.